MINI CURIOSOS MONTAM
O Ártico

ÍNDICE

o Ártico 6
urso-polar 8
morsa 10
boi-almiscarado 12
raposa-do-ártico 14
puffin 16

VAMOS MONTAR!

instruções 18
urso-polar 23
morsa 25
boi-almiscarado 27
raposa-do-ártico 29
puffin 31

O Ártico

O Ártico fica lá no cocoruto da Terra, e é um dos lugares mais frios que existem. Mesmo assim tem um monte de bichos e plantas que vivem por lá.

Nesse topinho do mundo, não crescem árvores. As plantas do Ártico são baixinhas e bem acostumadas com o frio.

A gente chama essa mistura de plantas que gostam de frio de **tundra**. Dizer tundra é meio como dizer floresta, e do mesmo jeito que tem floresta em várias regiões, tem tundra em muitos lugares frios.

Boa parte do Ártico é água. Água do mar e água doce congeladas na forma de **glaciares**, **icebergues** e placas de gelo. Icebergues são blocos de gelo enormes que ficam flutuando no mar.

Glaciares parecem enormes rios de gelo que se formam em lugares onde cai neve sempre no mesmo lugar por milhares de anos sem nunca derreter.

O Ártico é tão frio que uma parte do chão vive congelada, isso se chamada **permafrost**. O que não significa que o chão é completamente congelado o ano todo; a camada de cima derrete durante o verão.

Durante o verão a tundra floresce e muitos animais de vários tamanhos se alimentam dela. Nessa época o Ártico também fica cheio de insetos, que apesar de chatos são comida para aves e pequenos mamíferos.

No Ártico também tem muita vida no mar. A mistura da água doce que vem dos glaciares com as correntes marinhas é uma festa para algas e animais pequenininhos, que são a base de toda uma cadeia de vida marinha que vai das águas-vivas até tubarões, orcas e a enorme baleia-azul.

Mais do que um deserto de gelo, o Ártico é uma terra de extremos. Os invernos são longos, frios e escuros, com temperaturas que chegam a -60 graus. Já os verões são bem curtinhos, mas gostosos, em torno de 20 a 25 graus. Por um tempo, o sol nunca se põe e é sempre dia no Norte.

Essa região é cheia de vida, com habitantes que aprenderam a viver em um dos ambientes mais extremos da Terra.

vamos conhecer alguns deles?

7

urso-polar

O urso-polar é o maior urso do mundo: um macho adulto pode medir mais de 2 metros de comprimento e pesar até 700 quilos. Com todo esse tamanho, ele é o rei do Ártico.

Diferente da maioria dos ursos que comem de tudo, o urso-polar só come carne e passa a maior parte do seu tempo no gelo marinho que se forma no Ártico. Que bom que ele é todo adaptado para esse estilo de vida!

O urso-polar tem dentes longos e fortes, garras curtas para caçar e andar no gelo, e um casaco muito especial, feito de pelos ocos como canudinhos, para segurar o ar quente bem perto do seu corpo e mantê-lo aquecido o ano todo.

Esse casaco é uma grande ajuda para o urso-polar quando ele está caçando, já que sua comida preferida são focas bem gordinhas que vivem na água e no gelo.

Caçar essas focas não é fácil, e a melhor época para fazer isso é do comecinho da primavera até o começo do verão, quando muitas delas visitam o Ártico. No resto do ano o urso-polar come bem menos.

O urso-polar precisa de toda gordura que ele junta nesse espacinho de tempo para sobreviver no resto do ano, mas ele é um bicho adaptado a ficar gordão e magrinho e viver bem assim.

Com certeza não é gostoso passar vários meses sem comer direito, mas a vida dos bichos selvagens é bem diferente da nossa, e para eles isso é normal. Desde que tenha muito frio e gelo, o urso-polar está feliz.

Morsa

A morsa é enorme (ela pesa mais do que dois carros juntos), bigoduda e dentuça, e vive nas praias e mares do Ártico.

Mas ela também é muito simpática e adora a companhia de outras morsas.

Morsas gostam tanto de outras morsas que vivem em manadas gigantes e ficam o tempo todo encostando umas nas outras.

Elas também são muito inteligentes e gostam de cantar! Morsas machos se exibem para morsas fêmeas fazendo um monte de barulhos, e as fêmeas escolhem para namorado os machos que cantam melhor.

Morsas são quase banguelas, mas elas também nem precisam de dentes. Sua comida preferida são moluscos, aqueles bichos que são uma melequinha dentro de duas conchas e que vivem enterrados no fundo do mar. Ela usa a bocona pra sugar esses bichos inteiros, como se estivesse puxando uma vitamina por um canudinho.

A morsa acha os moluscos enterrados esfregando o bigodão no fundo do mar. Ele é supersensível, quase tanto quanto os dedos da sua mão.

As morsas também usam os bigodes sensíveis para fazer carinho umas nas outras.

E ninguém é mais carinhoso do que uma mãe morsa, que cuida do seu filhote por 3 anos inteiros para ensinar ao pequeno tudo o que uma morsa precisa saber para viver no Norte do mundo.

boi-almiscarado

Quando o inverno chega pra valer no Ártico, muitos bichos mudam para lugares mais quentinhos. Um dos poucos que ficam o ano todo na região é esse peludinho aqui: o boi-almiscarado.

Apesar do nome, os parentes mais próximos dele são as cabras. Ele é um grande escalador de morros e montanhas, e apesar de grandão seu cocô são bolas pequenininhas, igualzinho ao cocô das cabras.

Mas dá para entender a confusão das primeiras pessoas que viram esse bicho: parrudo, cabeçudo e com pernas curtinhas, ele não parece em nada com um cabra.

Almíscar é uma substância malcheirosa que alguns bichos produzem, ou seja, esse nome é uma maneira mais fofa de dizer que ele é meio fedido.

Talvez o pedaço mais "cabra" do boi-almiscarado sejam os chifrões, e ele usa essa cabeça dura em brigas com outros bois-almiscarados ou para se defender de inimigos. Uma cabeçada de um boi-almiscarado correndo é como ser atingido por um carro vindo a 50 quilômetros por hora!

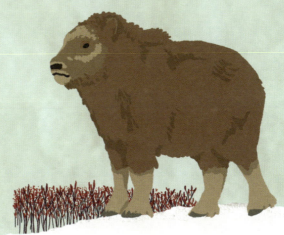

Para se manter aquecido no frio do Ártico o boi-almiscarado nasce com um casaco muito especial. Ele tem duas camadas, a comprida e marrom que a gente vê, e embaixo outra camada feita de uma lã ultraquentinha chamada *qiviut* – ela é 8 vezes mais quente do que a lã de ovelha e mantém o boi-almiscarado protegido do vento e do frio.

Os incríveis bois-almiscarados são animais muito antigos, que seguem iguaizinhos há milhões de anos. São mais antigos do que nós, humanos, e roçaram ombros com mamutes e outros gigantes da era glacial. Com tanta história esses bichos merecem nossa atenção, para continuarem caminhando pela neve por outros tantos milhões de anos.

Raposa-do-ártico

A pequena raposa-do-ártico é muito impressionante. Ela é superadaptada à vida no Norte e é um dos animais que passam o ano todo no Ártico. Para isso ela tem uma pelagem que muda de acordo com a estação, além de muita esperteza e adaptação.

No verão a raposa-do-ártico tem um "roupa" marrom e mais levinha, já a de inverno é branca e superquente.

Até o rabo peludo serve de mantinha para cobrir a raposa quando ela dorme.

A raposa-do-ártico também é bem adaptada quando o assunto é comida. Ela não torce o nariz pra nada e come quase qualquer coisa que consegue pegar. Bichos pequenos, aves, ovos, restos de comida e até frutinhas e algas também são bem-vindas.

Para se proteger do frio e de bichos maiores a raposa-do-ártico vive em tocas cavadas no chão. Como boa parte do chão da tundra é congelado, ela tem que achar lugares que formem "morrinhos" acima do solo duro.

Um lugar desses é difícil de achar, por isso gerações de raposas usam as mesmas tocas – algumas são conhecidas há quase 100 anos!

Essas tocas tanto podem ser pequenininhas, para só uma família de raposas, ou bem maiores, com vários túneis e um monte de raposas vivendo juntas – até nisso as raposas-do-ártico são adaptáveis.

Em lugares ou épocas com pouca comida é melhor viver em grupos menores, porque fica mais fácil achar alimento pra menos gente. Em lugares (ou épocas) com mais comida, dá para juntar a família toda.

Puffin

O puffin é uma das aves que visita o Ártico no verão. Ele é bem pequenininho, com um bico colorido e plumagem branca e preta que parece até um casaquinho.

Puffins procuram ilhas com rochedos ou penhascos para terem seus filhotes. Nesses lugares altos os bebês ficam mais protegidos, e os puffins se amontoam em colônias gigantescas, que chegam a ter milhares de aves fazendo uma algazarra louca.

Para deixar os filhotes bem protegidos essas aves cavam buracos bem fundos no chão, – se no lugar da colônia não tiver terra, elas procuram um buraco natural entre pedras e rochas. Lá no fundo do buraco fazem um ninhozinho; o pai e a mãe cuidam do ovo e, depois, do filhote, até ele ficar forte o bastante para voar para o mar.

Apesar de saberem voar, puffins são péssimos de aterrizagem, é bem comum um deles sair dando cambalhotas e atropelar tudo no seu caminho. Esta ave fica bem mais à vontade na água e só voa quando precisa muito.

Quando os filhotes estão grandes, todos os puffins da colônia vão aos poucos voltando para o mar aberto. Essas aves passam só quatro meses do ano nas ilhas: no resto do tempo eles levam uma vida solitária, sem nem chegar perto de terra firme.

Para passar todo esse tempo no mar, o puffin tem penas que funcionam como uma mistura de casaco com colete salva-vidas. A camada de fora, que a gente vê, é feita de penas bem fechadinhas, que o puffin cobre com um óleo que ele produz para ficarem à prova d'água. Embaixo delas, tem outra camada de penas pequenininhas e fofinhas – isso mantém a ave quentinha mesmo nos mares gelados do Norte e ainda faz com que ela seja superflutuante e possa até dormir tranquilamente sobre as ondas.

Parece assustador, mas o puffin fica muito bem em mar aberto, ele bebe água do mar sem problema nenhum, e continua pescando e comendo peixes. Com pesquisas recentes a gente sabe que muitos puffins vivem vidas longas e satisfeitas, indo e voltando das ilhas para o mar.

vamos montar!

Aqui está uma lista do que você vai precisar para montar seus animais do Ártico!

(E não esqueça de pedir uma ajudinha para algum adulto amigo)

você vai precisar de:

BASTANTE CURIOSIDADE! isso você já tem, né?

cola transparente ou cola branca.

um palito de churrasco ou de fazer unha, sem a ponta (é só bater a ponta no chão).

um papel (ou revista, ou jornal velhos) para proteger a mesa ou o chão.

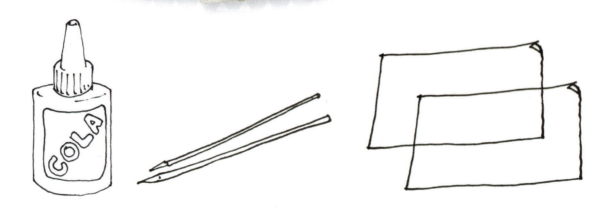

Tudo pronto para começar!

Siga estes passos na ordem para dar tudo certo:

1. Cada um dos bichos vem separado em pecinhas na página, mais ou menos assim. Comece destacando a página que você vai montar.

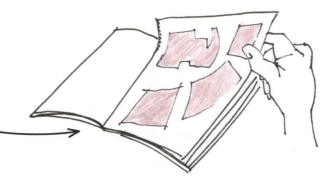

2. Depois, você vai destacar as peças da página. Você vai ver que onde tem que dobrar já está mais molinho. Reforce um pouco essas dobras, vai ajudar na hora de colar.

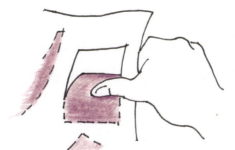

3. Dos dois lados das peças que você separou tem letras com números. Cole o A1 da frente no A1 do verso e continue dessa forma – A2 com A2, A3 com A3 – até a sua peça estar montadinha.

(não esqueça de proteger a mesa com aquele papel!)

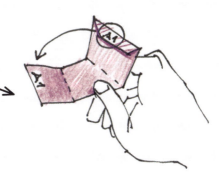

 Dica! Quando você for colar duas abas da peça, segure-as juntas até a cola secar bem, e só aí passe para as próximas abas.

4. Você vai notar que sobrarão umas abas marcadas com duas letras e um número, como, por exemplo, **A+B 1**. Esse é o ponto onde a peça "A" vai encontrar a peça "B". Na peça B também tem a mesma marcação, e você vai colar umas nas outras – mas tem uma ordem certa!

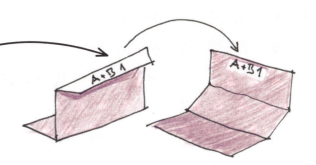

 Dica! Conforme você for fechando a sua peça, pode ficar difícil manter as abas juntas enquanto a cola seca – use o seu palito para alcançar essas abas mais escondidinhas.

Vire a página para continuar

19

para juntar tudo:

Agora que você tem todas as peças do seu bicho montadinhas, só falta colar umas nas outras para ele ficar pronto.

 Mas atenção: cada bicho tem uma ordem certa para unir as peças, como está marcado aqui:

urso-polar

MONTE AS PARTES ASSIM:

1. **CORPO:** cole o bumbum (A) na peça B. Depois, cole E na B, e F na B.
2. **PERNAS TRASEIRAS:** peças C e D.
3. **PERNAS DIANTEIRAS:** cole J na I, e H na G.
4. **CABEÇA:** cole a cabeça (K) no pescoço (L).

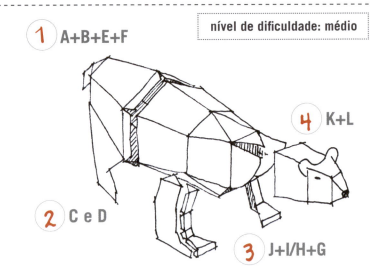

nível de dificuldade: médio

① A+B+E+F
② C e D
③ J+I/H+G
④ K+L

{ Primeiro cole a CABEÇA no CORPO. Depois as PATAS TRASEIRAS no CORPO e, por último, as PATAS DIANTEIRAS no CORPO. }

morsa

MONTE AS PARTES ASSIM:

1. **RABO:** primeiro cole A+B, depois cole essas peças na peça C.
2. **CORPO:** cole D+E.
3. **NADADEIRAS:** cole F+G e H+I.
4. **CABEÇA:** monte a peça J, e cole as presas da morsa (K).

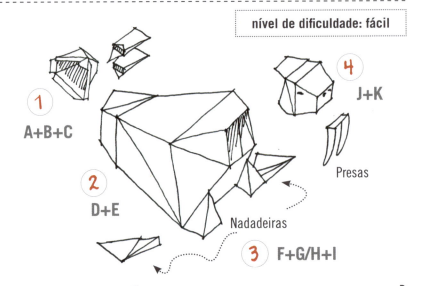

nível de dificuldade: fácil

① A+B+C
② D+E
③ F+G/H+I
④ J+K

Presas
Nadadeiras

{ Primeiro, cole o RABO no CORPO. Depois, a CABEÇA no CORPO e, por último, as NADADEIRAS no CORPO. }

boi-almiscarado

nível de dificuldade: difícil

MONTE AS PARTES ASSIM:

1. **CORPO:** comece colando B e G. Cole a peça L e feche com o bumbum (A).

2. **PATAS TRASEIRAS:** cole C+D e E+F.

3. **PATAS DIANTEIRAS:** cole I+H e J+J.

4. **CABEÇA:** monte a peça M e cole o chifre (N).

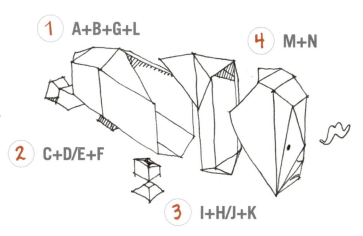

1. A+B+G+L
2. C+D/E+F
3. I+H/J+K
4. M+N

{ Primeiro, cole a CABEÇA no CORPO. Depois, as PATAS TRASEIRAS no CORPO e, por último as PATAS DIANTEIRAS no CORPO. }

raposa-do-ártico

nível de dificuldade: médio

MONTE AS PARTES ASSIM:

1. **RABO:** comece com a peça G, e feche o rabo com a H.

2. **CORPO/PESCOÇO:** comece colando A e B, e depois cole I.

3. **PERNAS:** peças E+C e D+F.

4. **CABEÇA:** monte a peça J, e cole a K na J.

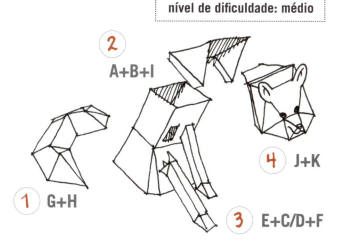

1. G+H
2. A+B+I
3. E+C/D+F
4. J+K

{ Primeiro, cole as PERNAS no corpo. Depois a CABEÇA no CORPO e, por último, o RABO no CORPO. }

puffin

nível de dificuldade: difícil

MONTE AS PARTES ASSIM:

1. **CORPO:** cole as peças E e F. Cole a peça B na E, e feche com o rabinho (A).

2. **PATAS:** peças C e D.

3. **CABEÇA:** comece colando as bochechas (J e I) na parte central da cabeça (H). Depois, cole o bico (G) e o pescoço (K).

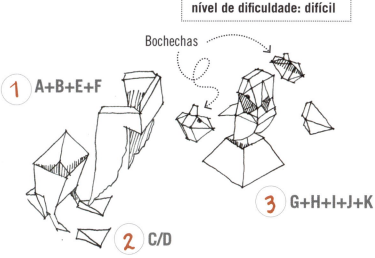

Bochechas

1. A+B+E+F
2. C/D
3. G+H+I+J+K

{ Com todas as partes do bicho prontas, primeiro cole a CABEÇA no CORPO e, depois, as PATAS no CORPO. }

21

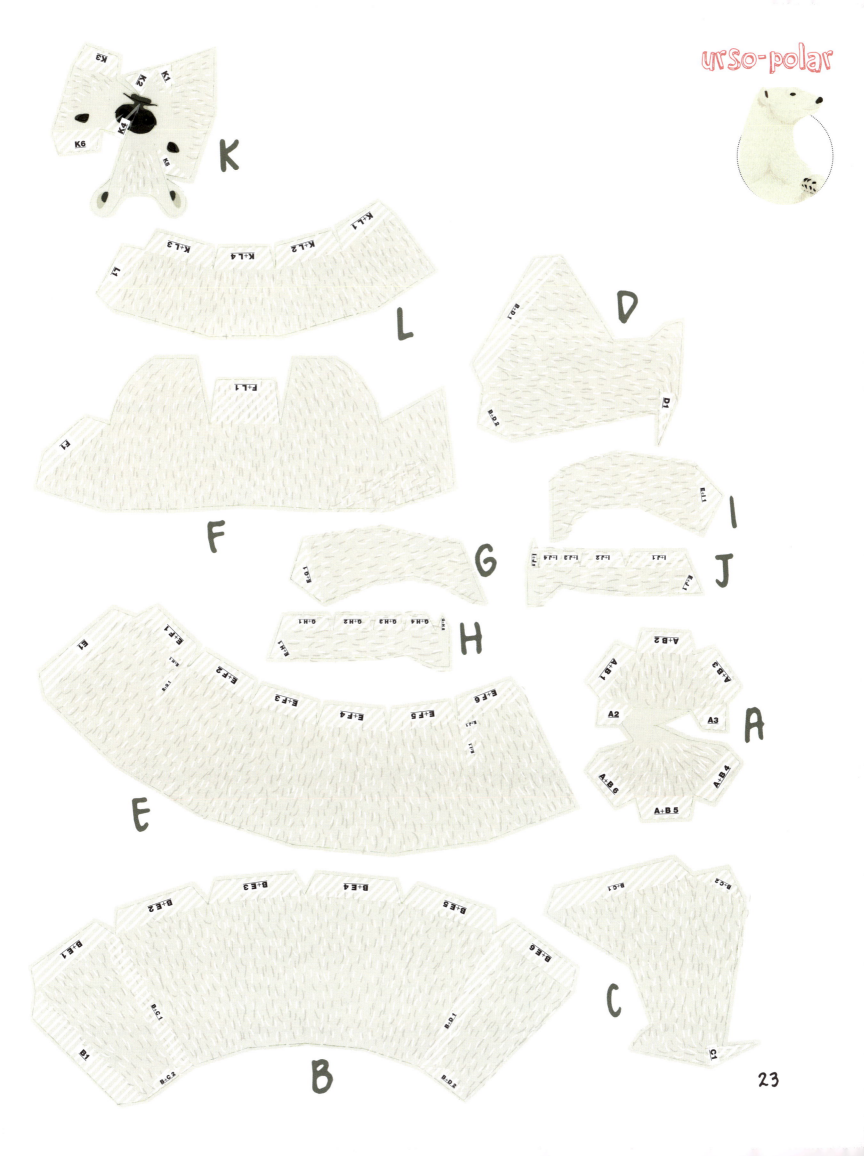

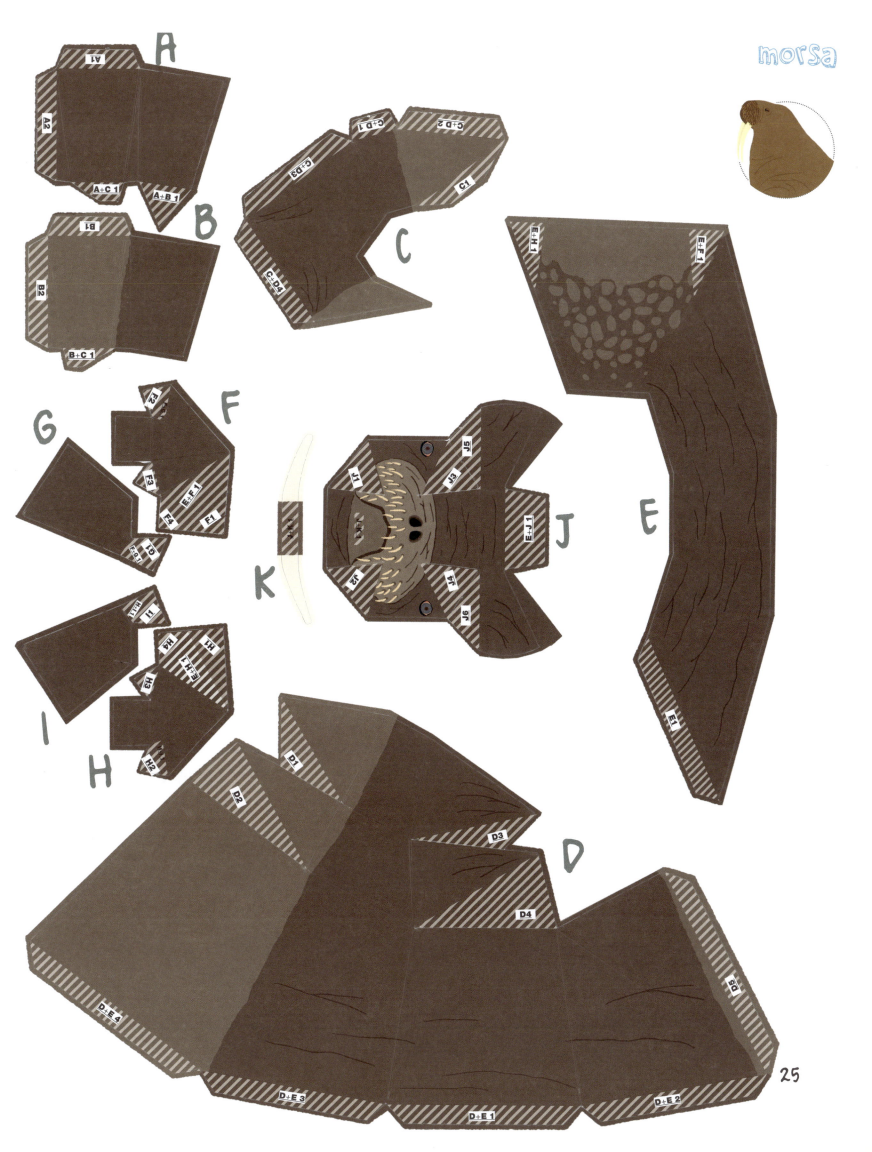

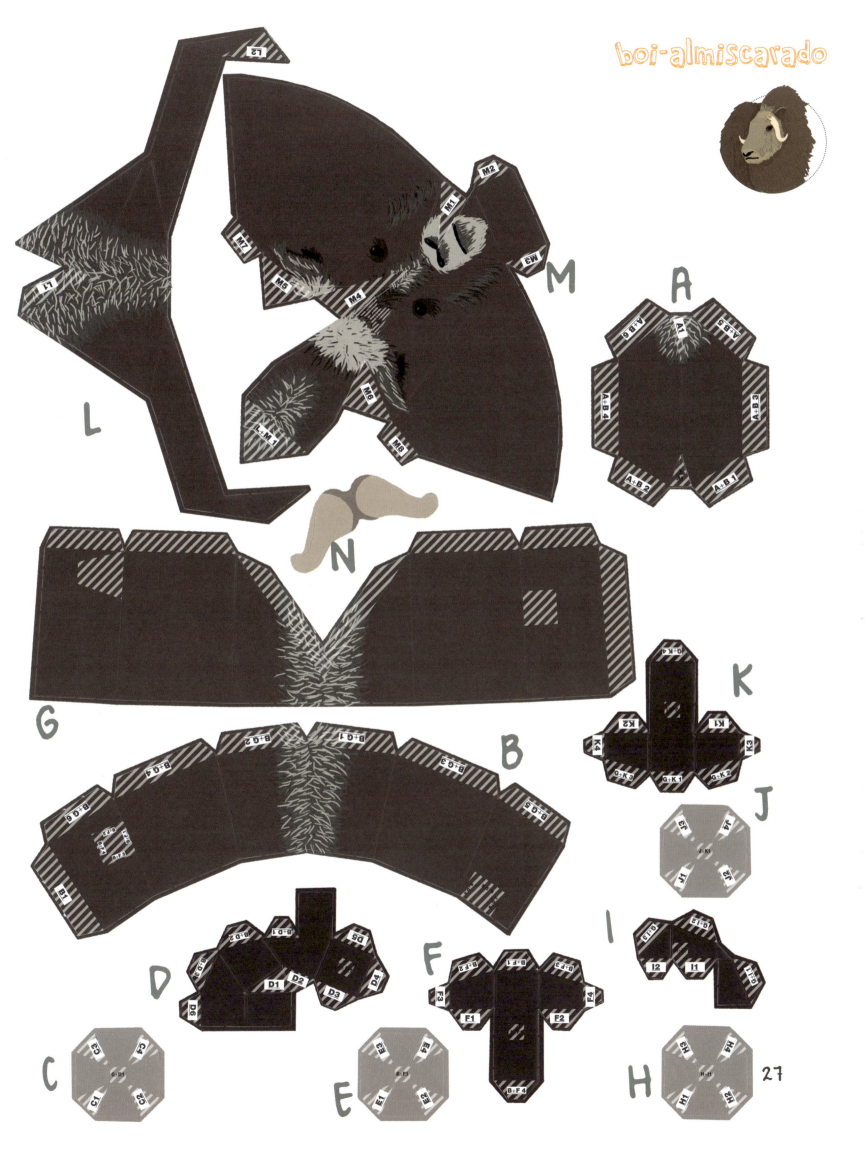

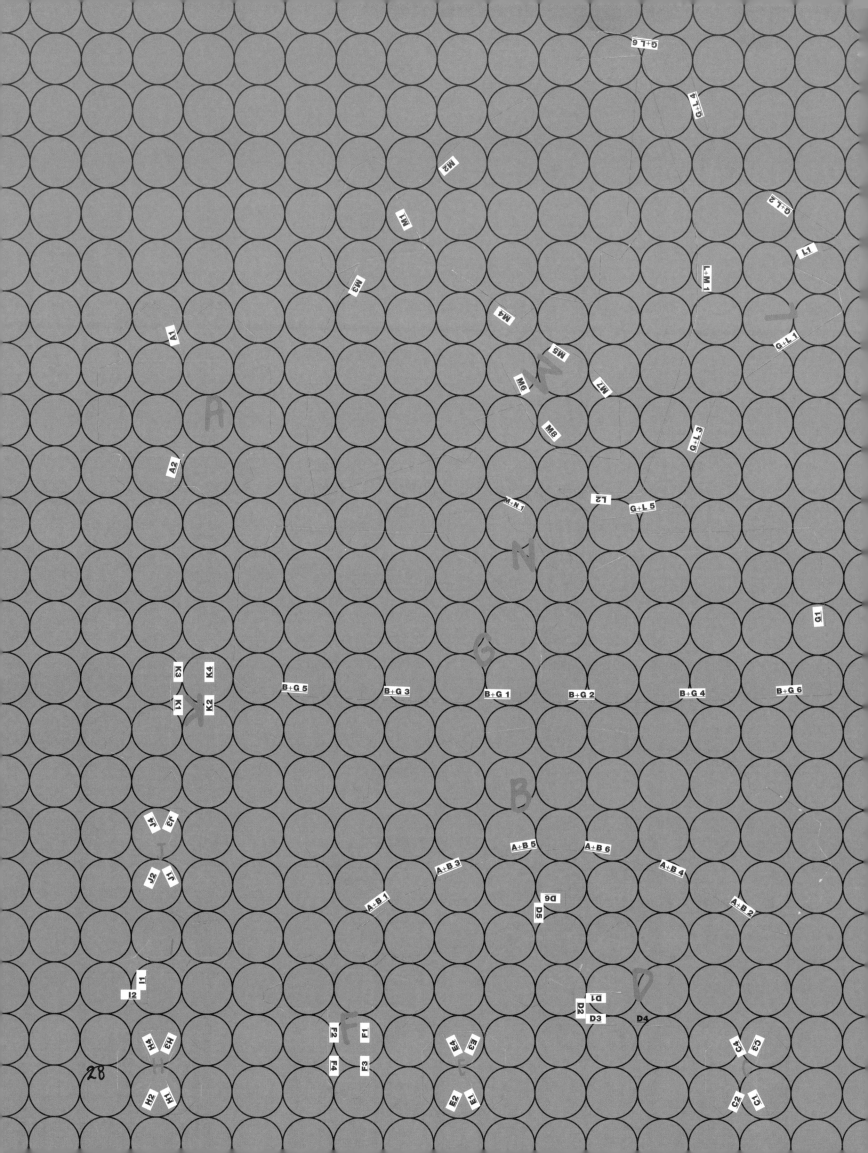

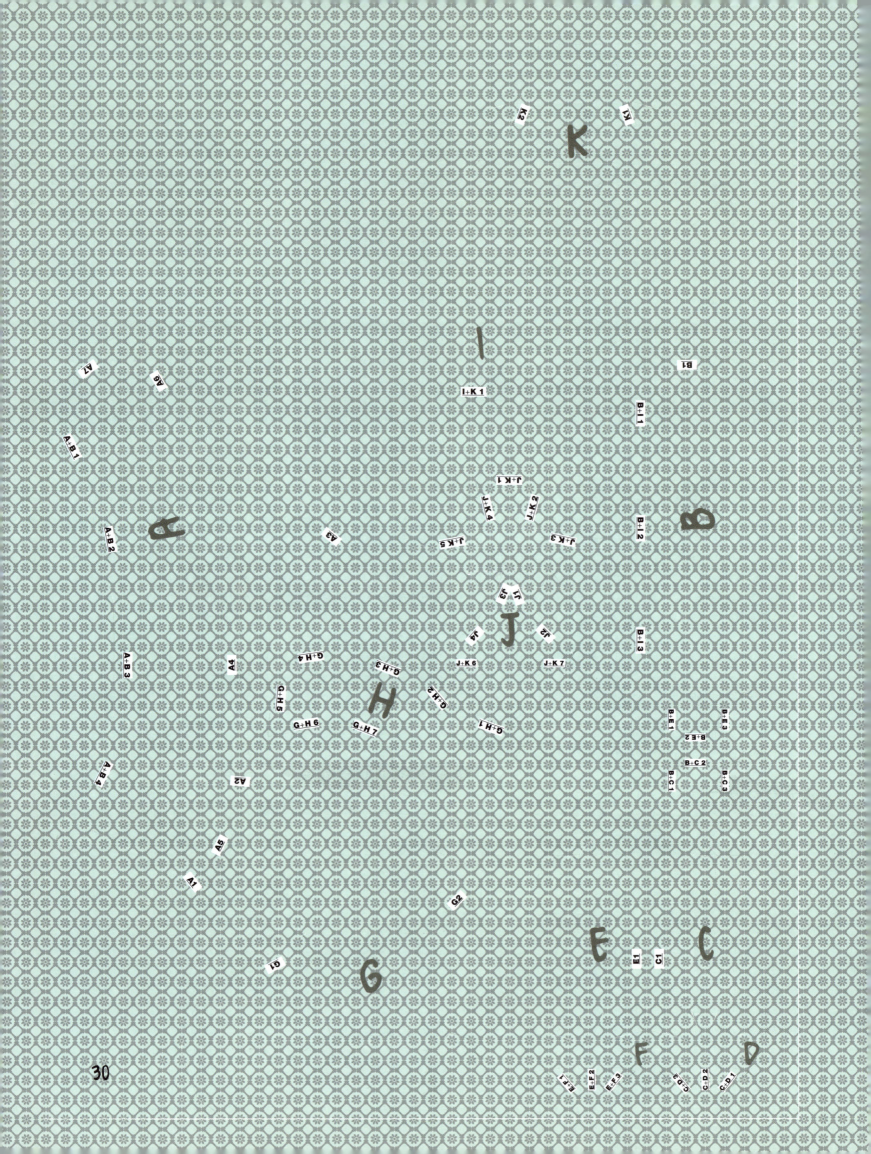

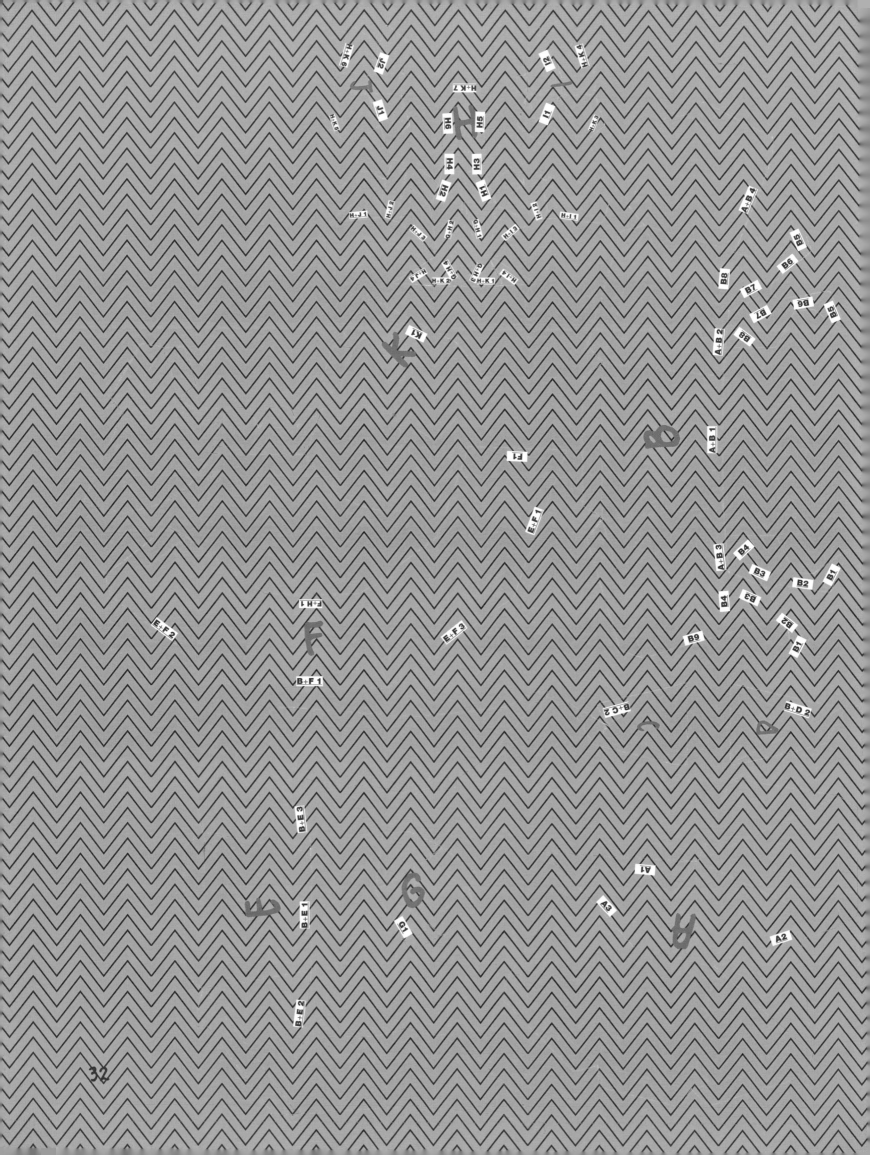